Kurt Tucholsky
Rheinsberg

»Ich finde es heiter. Denk mal, mein Papa und mein' Mama sitzen jetzt im Kontor, fahren in der Stadt herum und glauben ihr Töchterchen wohlgeborgen im Schoße der treusorgenden Freundin. Hingegen …« Hingegen sitzt eine glückliche Claire neben ihrem verliebten Wölfchen in der Kleinbahn nach Rheinsberg und fährt einem unbeschwerten amourösen Wochenende entgegen. Voller Übermut stürzen sich die beiden jungen Menschen aus Berlin in dieses Abenteuer und genießen ein paar wunderschöne spätsommerliche Tage …

Kurt Tucholsky (1890–1935) studierte Jura, war Literatur- und Theaterkritiker, Korrespondent in Paris und emigrierte 1929 nach Schweden. 1933 wurde er aus dem Deutschen Reich ausgebürgert, seine Bücher wurden verbrannt.

Kurt Tucholsky

Rheinsberg

Ein Bilderbuch für Verliebte

Mit Illustrationen von
Horst Wolniak

dtv

Von Kurt Tucholsky
ist bei dtv außerdem erschienen:
Dürfen darf man alles

MIX
Papier | Fördert gute Waldnutzung
FSC® C019821

Neuausgabe 2016
3. Auflage 2024
Veröffentlicht 2006 in der
dtv Verlagsgesellschaft mbH & Co. KG, München
Erstveröffentlichung des Textes: Berlin 1912
Umschlaggestaltung: dtv unter Verwendung des Fotos
›Rheinsberg, Schloss Rheinsberg, Blick über
Grienericksee auf das Schloss und das Theater‹
von der Stiftung Preußische Schlösser und Gärten
Berlin-Brandenburg/Leo Seidel
Gesetzt aus der Stempel Garamond 13/17,5·
Gesamtherstellung: Druckerei C.H.Beck, Nördlingen
Printed in Germany · ISBN 978-3-423-25371-0

Unsern lieben
Frauen

M. W.
K. F.
C. P.

… das beginnt nach der Liebeserfüllung; nicht vorher. Da entfalten die Seelen ihre volle Stärke, nicht vorher. Da geht der Kampf in voller Rüstung, nicht vorher. Da stehen die Charaktere auf gleichem Feld, nicht vorher. Da sind die Schranken zwischen zwei Menschen dahin, da erst, nicht vorher.

Alfred Kerr

Müde und bekränzt streckt sich der Sommer ins Gras.

Heinrich Mann

Seinen eigentlichen Anfang nahm das Abenteuer erst, als sie in Löwenberg ausstiegen. Der D-Zug ruhte lang und dunkel in der Halle unter dem Holzdach – sie durchschritten einen Tunnel, oben, in hellem Sonnenlicht, stand die Kleinbahn, wie aus Holz gefügt, steif und verspielt.

Sie stiegen ein.

»Claire?«

»Wolfgang?«

»Diese Bahn scheint noch lange hier zu stehen … machen wir einen kleinen Spaziergang?«

»Setz dich hin und falte die Hände! Sie geht gleich ab.«

Der Zug ruckte und ruckelte sich gemächlich durch Salatgärten, Hofmauern. Der Horizont flimmerte blendend weiß … War es eine Schönheit, diese Landschaft? – Nein: da standen Baumgruppen, durch nichts ausgezeichnet, das Land wurde wellig in der Ferne, versteckte ein Wäldchen und zeigte ein anderes – man freute sich im Grunde, dass alles da war … Das Maschinchen schnob und klingelte zornig, durch den staubigen Rauch hindurch klingelte es melodisch, wie eine läutende Kirchturmsglocke bei Sturm.

»Wolf, den Reiseführer!«

Sie hatten ihn im D-Zug liegen lassen – er hatte ihn im D-Zug liegen lassen. Sie hielten, mitten im Walde, auf der Strecke. Die Köpfe heraus; die Beamten waren zurückgelaufen, hatten Schaufeln mitgenommen: die Lokomotive musste Funken ausgeworfen haben, ein kleiner Brand war entstanden …

»Ich will mitlöschen!«

Er kugelte den sandigen Abhang herunter; die Reisenden lachten. Oben stand Claire und verdrehte die Augen.

»Du musst ja …!«

Er kam zurück, ganz bestaubt, lächelnd, glücklich. Er hatte sich wieder einmal betätigt. Die Beamten kamen, stiegen auf, der Zug ruckte an …

»Eigentlich …«

»Na?«

»Ich finde es heiter. Denk mal, mein Papa und mein' Mama sitzen jetzt im Kontor, fahren in der Stadt herum und glauben ihr Töchterchen wohlgeborgen im Schoße der treusorgenden Freundin. Hingegen …«

»Hingegen …?«

»Na ja, treusorgen sorgst du ja für mich …«

Der Jäger nebenan hatte schon lange in sich hineingelacht. Er saß da, grün, bepackt, schwer und braun gebrannt. Man hatte, wenn man ihn sah, die Empfindung von ganz frühen, feuchten Morgen, ein Mann tappt durch den halbdunklen Wald, es riecht kräftig und gut … Das kleine, runde Loch der Büchse guckte unheilverkündend, schwarz und dunkel in die Luft: kleine Kugeln werden herausfliegen, das Reh, auf das es morgen gerichtet wird, lief vielleicht jetzt gerade mit seinen Gefährten zur Quelle, trank und war zierlich im Walde verschwunden … Der Jäger stand auf, stopfte sich eine Pfeife und sagte beim Herausgehen: »Schonzeit, junger Mann, Schonzeit!« – und trampfte lachend davon.

Das Coupé war erfüllt von ihrem Schreien, das die rumpelnden und klirrenden Geräusche übertönen sollte.

Man verständigte sich nur schwer:

»… Sonne weit über das Land …«

»… wie? Sonne reit über das Land? …«

»… nein … Sonne weeiit … Land …

Seh mal: 'ne Akazie! 'ne blühende Akazie, lauter blühende Akazien!«

»Is gar keine, is 'ne Magnolie!«

»Hach! Also wer weiß denn von uns beiden in der Botanik Bescheid? Ich oder ich?«

»'ne Magnolie is es.«

»Meine Liebe, ich müsste bedauern, es mit einem kräftig geführten Schlag gegen Sie nicht bewenden lassen zu können. Alle Wesensmerkmale der Akazie deuten auch bei diesen Bäumen auf eine solche hin.«

»Is aber 'ne Magnolie.«

»Herr Gott, Claire! Siehst du denn nicht diese typisch ovalen Blätter, die weißen, kleinen, traubenförmigen Blütenstiele! – Mädchen!«

»Aber ... Wölfchen ... wo es doch 'ne Magnolie is ...«

Sie erstickte in Küssen.

Dann galt es noch eine Bauersfrau

nachzuahmen, die auf der letzten Station hochgeschürzt und breitbeinig stehengeblieben war, um sich vermittels ihres zweiten Unterrocks zu schnäuzen. Claire erwies sich hierbei als geschickt und brauchbar.

Endlich kamen sie aber doch an.

Es zeigte sich, dass das Hotel, das sich schon durch einen Anschlag im Zuge als altbekannt und mit einer gepflegten Küche versehen angepriesen hatte, durch einen Wagen, zwei Pferde und einen Bediensteten vertreten war. Dieser Mann musste die Gepäckstücke holen, die man in Berlin sorgfältig aufgegeben hatte: zwei winzig kleine Köfferchen. Sie wurden verladen; die Reisenden stiegen ein. Sie rutschten auf den schwarzen, hier und da ein wenig aufgeplatzten Wachstuchkissen der Sitze herum; die Fenster klirrten, die beiden machten sich durch weit ausladende Handbewegungen verständlich. Der Wagen war leer, die Chaussee staubig und öde. Einige hundert Meter saßen sie manierlich, aber schon an der Ecke, die das Anwesen des Gütlers Johannes Lauterbach und das der Post bilden, lagen sie in lautem Hader, wessen Koffer durch seine Kleinheit am meisten Verdacht erregen werde. Sie nannten diese Reisegegenstände »Segelschweine«, und die Claire rang die Hände, Wolf sei ein Schandfleck. Sie, ihrerseits, wahre das Dekorum. Sie schwatzten fortwährend, die Claire am heftigsten. Ihr Deutsch war ein wenig aus der Art geschlagen. Sie hatte sich da eine Sprache zurechtgemacht, die im Prinzip an das Idiom erinnerte, in dem kleine Kinder ihre ersten lautlichen Verbindungen mit der Außenwelt herzustellen suchen; sie wirbelte die Worte so lange herum, bis sie halb unkenntlich geworden waren, ließ hier ein »T« aus, fügte da ein »S« ein, vertauschte alle Artikel, und man wusste nie, ob es ihr beliebte, sich über die Unzulänglichkeit einer Phrase oder über die andern lustig zu machen. Dass sie Medizinerin war, wie sie zu sein vorgab, war kaum glaubhaft, jedoch mit der Wahrheit übereinstimmend. Sie spielte immer, gab stets irgendeiner lebenden oder erdachten Gestalt für einige Augenblicke Wirklichkeit …

Der Wagen hielt. Während sie ausstiegen:

»Pass auf, Frauchen, wo ist der Koffer mit dem falschen Geld? – Ah da …«

Der Hausknecht ließ den Mund weit offen stehen, sperrte die Augen auf …

Freundlich geleitete sie der alte Wirt in ein Zimmer des ersten Stockwerks. Es war kahl, einfach, blumig tapeziert. Holzbetten standen darin, ein großer Waschtisch, eine Vase mit einem künstlichen Blumenstrauß – an der Wand hin-

gen zwei Pendants: ›Eroberung Englands durch die Normannen‹, und in gleichartigem Rahmen und symmetrisch aufgehängt ›Großpapachens 70. Geburtstag‹. Die Tür schloss sich, sie waren allein.

»Claire?«

»Wolfgang?«

»Jetzt weiß ich nicht, sollte ich den Kofferschlüssel zu Hause vergessen haben …?«

»My honey-suckle«, und sie drückte ihm einen heftigen Kuss auf den Mund, während ihr Gesicht rachsüchtig und boshaft erglänzte, und stieß ihn von sich:

»Och, der kleine Jungchen muss ja alles vergess' – psch, psch, psch …« Und man wusste nicht, ob diese Töne eine wiegende Mutter nachahmten oder ganz etwas anderes.

»Pack aus, mein Hulle-Pulle!« –

Schwer seufzend packten sie aus, räumten ein.

»Ja, ich bin nu so weit. Jetzt frisiere ich mich, un denn gehe ich spaziers. Un du?«

»Das überlasse du nur mir; es wird dir dann seinerzeit das Nötige mitgeteilt werden.«

Der Stil war im Großen und Ganzen einheitlich verzerrt. Sie sagten sich häufig Dinge, die nicht recht zueinanderpassten, nur um diese oder jene Redewendung anbringen zu können, den andern zu irritieren, sein Gleichgewicht zu erschüttern … Sie gingen herunter …

Da war der Marktplatz, der mit alten, sehr niedrigen Bäumen bepflanzt war, schattig und still lag er da. Sie schritten durch ein schmiedeeisernes Tor in den Park. Hier war es ruhig. In dem einfachen weißen Bau des Schlosses klopfte ein Handwerker. Sie gingen durch den Hof wieder in den Park, wieder in die Stille …

Noch brausten und dröhnten in ihnen die Geräusche der großen Stadt, der Straßenbahnen, Gespräche waren noch nicht verhallt, der Lärm der Herfahrt … der Lärm ihres täglichen Lebens, den sie nicht mehr hörten, den die Nerven aber doch zu überwinden hatten, der eine bestimmte Menge Lebensenergie wegnahm, ohne dass man es merkte … Aber hier war es nun still, die Ruhe wirkte lähmend, wie wenn ein regelmäßiges, lang gewohntes Geräusch plötzlich abgestellt wird. Lange sprachen sie nicht, ließen sich beruhigen von den schattigen Wegen der stillen Fläche des Sees, den Bäumen … Wie alle Großstädter bewunderten sie maßlos einen einfachen Strauch, überschätzten seine Schönheit, und ohne das Praktische aller sie umgebenden ländlichen Verhältnisse zu ahnen, sahen sie die Dinge vielleicht ebenso einseitig an, wie der Bauer – nur von der an-

dern Seite. Nun, hier in Rheinsberg erforderten die Gegenstände nicht allzu viel praktische Kenntnis, man war ja nicht auf einem Gut, das bewirtschaftet werden sollte. – Sie kamen an den Rand eines zweiten Sees, an eine Bank. Stille …

»Wolfgang?«

»Claire?«

»Glaubssu, dass es hier Bärens gibs? Eine alte Tante von mir is beinah mal von einem …«

»… von einem Bären zerrissen worden?«

»Nein.« Sie war ganz empört. »Habe ich das gesagt? – Ich meinte nur … Aber, du – beschützs mich doch, ja?«

»Ich schwöre dir …«

»Hm.«

Wieder war es sehr still. Die Claire saß da und sah sehr bestimmt in das schmutzig-grüne Wasser.

»Also pass mal auf. Warum ist hier nicht überall der zweite Friedrich? So wie er in Sanssouci überall ist. Auf jedem geharkten Weg, an jedem Boskett, hinter jeder Statue? – Hier hat er gelebt. Gut. Wüsstest du es nicht, würdest du es merken?«

»Nein. Vielleicht muss man älter, machtvoller sein, um die Welt sich zu formen nach seinem Ebenbilde … Wer ist heute so, wie der Alte war? – Sehen unsere Wohnungen aus, wie wenn sie nur und ausschließlich dem Besitzer gehören könnten? … – Ein Specht, siehst du, ein Specht!«

»Wölfchen, es ist kein Specht. Es ist eine Schleiereule.«

Er stand auf. Mit Betonung:

»Ich habe ein außerordentlich feines Empfinden dafür, ich vermute, du bist gewillt, dich über mich lustig zu machen. Wird diese Vermutung zur Gewissheit, so schlage ich dich nieder.«

Ihr Gelächter klang weit durch die Fichten.

Das Schloss! – Das Schloss musste besichtigt werden. Man schritt hallend in den Hof und zog an einer Messingstange mit weißem Porzellangriff. Eine kleine Glocke schepperte. Ein Fenster klappte: »Gleich!« – Eine Tür oberhalb der kleinen Stiege öffnete sich, und es kam nichts, und dann tappte es, und dann schob sich der massige Kastellan in den Hof. Als er der Herrschaften ansichtig wurde, tat er etwas Überraschendes. Er stellte sich vor. »Mein Name ist Herr Adler. Ich bin hier der Kastellan.« Man dankte geehrt und präsentierte sich als Ehepaar Gambetta aus Lindenau. Historische Erinnerungen schienen den dicken Mann zu bewegen, seine Lippen zuckten, aber er schwieg. Dann:

»Nu kommen Sie man hier hinten rum, – da ist es am nächsten.« –

Und schloss eine bohlene Tür auf, die in einen dunklen Steinaufgang hineinführte. Sie kletterten eine steile Treppe mühsam herauf. Oben, in einem ehemaligen Vorzimmer, lagen braune Filzschuhe auf dem Boden verstreut, in allen Größen für Groß und Klein, zwanzig, dreißig – man mochte an irgendein Märchen denken, vielleicht hatte sie eine Fee hierher verschüttet, oder ein Wunschtopf hatte wieder einmal versagt und war übergelaufen …

Die Claire behauptete: So kleine gäbe es gar nicht. –

»Ih«, sagte Herr Adler, »immer da rein; wenn sie auch ein bisschen kippeln, des tut nichts.«

Er aber war nicht genötigt, solche Schuhe anzuziehen, weil er von Natur Filzpantoffeln trug.

Die Zimmer, durch die er sie führte, waren karg und enthaltsam eingerichtet. Steif und ausgerichtet standen Stühle an den Wänden aufgebaut. Es fehlte jene leise Unregelmäßigkeit, die einen Raum erst wohnlich erscheinen lässt, hier stand alles in rechtem Winkel zueinander … Herr Adler erklärte:

»… und düs hier sei das sogenannte Prinzenzimmer, und in diesem Korbe ha be das Windspiel geschlafen. Das Windspiel – man wisse doch hoffentlich …?«

»Zu denken, Claire, dass auch durch deine Räume einst Liebende der Führer mit beredtem Munde leitet …«

»Gott sei Dank! Konnt er ja! Bei uns war es pikfein.«

Und dann sagte Herr Adler, dies seien chinesische Vasen, und dieselben hätte der junge Graf Schleuben von seiner Asienreise mitgebracht.

Aber hier – man trat in ein anderes

höheres Zimmer –, hier sei der Gemäldesaal. Die Bilder habe der berühmte Kunstmaler Pesne gemalen, und die Bilder seien so vorzüglich gemalen, dass sie den geehrten Besuchern überallhin mit den Augen folgten. Man solle nur einmal die Probe machen! Herr Adler gab diese Fakten stückweis, wie ein Geheimnis, preis. Es war, als wundere er sich immer, dass seine Worte auf die Besucher keine größere Wirkung machten. – Herrgott, die Claire! – Sie begann den Kastellan zu fragen. Wolfgang wollte sie hindern, aber es war schon zu spät. –

»Sagen Sie mal, Herr Adler, woher wissen Sie denn das alles, das mit dem Schloss und so?«

Herr Adler leitete sein Wissen von seinem Vorgänger, dem Herrn Breitriese, her, der es seinerseits wieder von dem damaligen Archivar Brackrock habe. –

»Und dann, was ich noch fragen wollte, Herr Adler, hat es hier wohl früher ein Badezimmer gegeben?«

»Nein, aber *wir* haben eins unten, wenn es Sie interessiert ...«

Sie dankten. Herr Adler, der noch zum Schluss auf eine Miniatur, ein Geschenk der Großfürstin Sofie von Russland, hingewiesen hatte, verfiel plötzlich in abruptes Schweigen. Und erst nachdem das Trinkgeld in seiner Hand klingelte, blickte er zum Fenster hinaus und sagte, ein wenig geistesabwesend: »Dies ist ein ehrwürdiges Schloss. Sie werden die Erinnerung daran Ihr ganzes Leben bewahren. Im Garten ist auch noch die Sonnenuhr sehenswert.«

Claire unterließ es nicht, Wolf ein wenig zu kneifen, und an der blumenkohlduftenden Kastellanswohnung vorbei schritten sie hinaus, ins Freie.

Am Nachmittag fuhren sie auf dem See herum. Er ruderte, und sie saß am Steuer, während sie dann und wann drohte, sie werde ihre graue, alte Familie unglücklich machen, sie habe es nunmehr satt und stürze sich ins Wasser. Er werde sowieso bald umwerfen. Nein – sie landeten an einer kleinen Insel. Ein paar Bäume standen darauf. Sie lagerten sich ins Gras ... Ein kühler Wind strich vom See herüber. Die Uferlinien waren unendlich fein geschwungen, die hellblaue Fläche glänzte matt ...

»Sehssu, mein Affgen, das is nu deine Heimat. Sag mal: würdest du für dieselbe in den Tod gehen?«

»Du hast es schriftlich, liebes Weib, dass ich nur für dich in den Tod gehe. Verwirre die Begriffe nicht. Amor patriae ist nicht gleichzusetzen mit der ›amor‹ als solcher. Die Gefühle sind andere.«

»Nun, ich bescheide mich.«

Und, nach einem langen Träumen in den hellen Himmel –, er war so hell, so hell, dass die blitzenden Funken vor den Augen tanzten, sah man lange hinein –:

»Wölfchen, du hast doch niemalen eine andere geliebt, vor mir?«

»Nie!«

Es prickelte, so über die Sehnsucht der Bürger zu spotten, über das, was sie Liebe nannten, über ihre Gier, stets der Erste zu sein ... Sie waren beide nicht unerfahren.

Stimmen kamen, Ruderboote, Familien, die hier zu einem Picknick landen wollten. Riesige, blecherne Vorratskörbe bedrohten wie Geschütze das Lager der Friedlichen ... Auf und davon! –

Mitten im See: »Söh mal, du muss mir auch ma rudern gelass gehabt haben –! Mich möcht diss auch mal – buh.«

»Bitte, rudere!«

Sie wechselten, das Boot schwankte.

Die Claire ruderte. Es war eine Freude. Einmal verlor sie beide Ruder. Er musste mit dem Stock rudern. Endlich fingen sie die Hölzer wieder, die weitab auf dem Wasser getrieben hatten.

»Ich kann es sehr schön. Ich konnt ja auch mal ohne Ruder – ja, konnt ich! Lach nich, du Limmel! Hab ich fürleichs nicht recht, na!«

Und ruderte, dass sie prusten und keuchen musste, wie eine kleine asthmatische Dampfmaschine. Die Sonne ging schon unter, als sie anlegten.

Er bezahlte. Die Claire schwätzte mit der Bootsverleiherin. Er hörte gerade:

»So – also ein kräftiger Menschenschlag ist hier, wie?«

»Tje Fröln, *wir* vertobaken uns Jungen ja nich schlecht!«

Sie lachten noch, als sie am Hotel waren.

Wie friedlich dieser Abend war; sie

saßen unter den niedrigen dunklen Bäumen und warteten auf das Essen.

»Claire?«

»Wolfgang?«

»Mir ist so …«

»Gut so, mein Junge.«

»Nein! Spaß beiseite, mir ist mit dem Magen nicht recht.«

»Das ist Cholera. Wart, bis du was zu essen bekommst.«

»Nein, hör doch, ich hab so ein Gefühl, so leer, so …«

»Typisch. Das ist geradezu – bezeichnend ist das. Du stirbs, Wölfchen.«

»Die richtige Liebe deinerseits ist das auch nicht! Erst lasse ich dich auf Medizin studieren, und jetzt willst du nich mal durch dein Hörrohr kucken.«

»Ach Gott, nicht wahr, was heißt denn hier überhaupt! – Nicht wahr? – Wer denn schließlich …«

Aber sie ging doch mit zur Apotheke,

die hellbraun und ganz modern sachlich eingerichtet war; weiße Büchsen und Töpfe aus Porzellan reihten sich auf Borden, ein leichter Baldriangeruch durchzog die Räumlichkeiten. Hier händigte man dem Kranken nach eingehender Rücksprache und leutseligem Reden an den Provisor eine kleine Flasche mit einer dunkelbraunen Flüssigkeit ein. Sie half. Gott sei Dank.

Dann aßen sie, und nach Tisch rauchte die Claire. Drüben am Haus saßen die Herren, die jeder Zugereiste als Honoratioren zu bezeichnen pflegt. Juristen, Beamte, der Apotheker, der durch Bruch des Berufsgeheimnisses mit Hinweis auf die beiden der kleinen Runde fettes Gelächter entlockte.

»Prost, Wolf, auf die Alten!«

»Auf die Alten!«

Die Gläser klangen, und drüben die Gäste, die in langer Tischreihe am beleuchteten Haus speisten, blickten herüber. Die Claire blies Ringe.

»Es ist eine maßlose Frechheit«, entschied sie.

»Hm?«

»Hierher zu fahren. Wenn das niemand merkt! Aber es merks niemands – pass mal auf, es merks niemand.«

»Ne quis animadvertat! Prost.«

»Weißt du, lieber reise ich mit einem Flohzirkus wie mit dir.«

»Als, Claire, als mit dir.«

»Ach Gott, konnste auch besser mir nicht zu bekorrigieren zu gebrauchs gehabs habs! Ich spreche dir das schiere Hochdeutsch!«

»Hm. – Eingeweihte wissen davon Kantaten zu singen. Trinkst du noch was?«

»Ob ich noch wen trinke? – Nö.«

»Ich finde, wir gehen noch ein bisschen, hä?«

Sie schlenderten durch den dunklen Ort. Nach langen, schwarzen Häuserstrecken kam eine Bogenlampe, umschwirrt von surrenden braunen Flecken. Insekten, die durchaus in das Licht gelangen wollten.

»Claire?«

»Wölfchen?«

»Die Tiere da oben, siehst du?«

»Ja.«

»So auch der Mensch.«

Sie blieb stehen.

»Wieso … bitte?«

»Wie jene Lebewes …«

»Bitte – was hier zu symbolisieren is, symbolisier ich mir alleine. Überhaupt musst du schlafen gehen. Du sprichst ja schon ganz … anders. Soll ich dir aufs Aam nehmen?«

»Buhle!«

An dunklen Fensterläden kamen sie vorbei und an langen Mauern; hinter rötlich beleuchteten Gardinen saßen Familien und spielten Karten … Einmal traten sie in einen Hof, stolperten über Pflastersteine und blickten durch ein Fenster in einen Saal. Drinnen spielten sie Theater.

Von der Bühne sah man nur einen kleinen, gelben, hellen Winkel; aber man hörte alles. »Hoho«, sagte eine überlaute Frauenstimme im Alt, »da werden wir meinen Schwager fragen müssen. Ah, da kommt er ja …«

Das Publikum schnaufte und zuckte wie eine vielköpfige Bestie im Dunkel. Man sah Schultern sich bewegen, Köpfe sich hin- und herwenden …

»Himmel, der Fritz«, kreischte jemand auf der Bühne, und die Menge der Theaterbesucher lachte, ihre Körper tauchten auf und nieder, man murmelte …

»Wie merkwürdig«, sagte Wolfgang, »draußen ist es totenstill, der Mond scheint, und hier drinnen spielen sie ein

Scheinleben. Und wir kommen hinzu, wissen nichts von den Voraussetzungen des ersten Akts und bleiben ernst.«

Es war still, der hell erleuchtete Winkel der Bühne blieb leer; einer musste wohl eine zum Lachen reizende Geste gemacht haben, denn jetzt lachten die Frauen hell kreischend, während die Männer beifällig grunzten. Sie beugten sich weiter vor, man konnte undeutlich und durch das Fensterglas verschoben den übrigen Teil der Bühne erkennen, der eine Zimmereinrichtung mit gelber Tapete und gemalten Einrichtungsgegenständen darstellte; ein Mann in grüner Schürze hielt dort oben Zwiesprache mit einer robusten Weibsperson in den Vierzigern. Als Souffleurkasten diente ein alter Strandkorb. Sie hörten die beiden sagen:

»So, Er soll hier reinemachen (in der Tat hielt der Mann einen Besen in der Hand), und statt dessen scharwenzt Er mit den Mädels! Pass Er nur auf, Er Liederjahn.« – Hier kicherte das Publikum. – »Ich werde Ihm die Suppe schon versalzen. Hier und hier und da und da!«

Das Publikum lachte: »Hoho!« und oben bekam der Mann, der bis dahin mit gut gespielter Teppenhaftigkeit den Kopf beflissen-horchend geneigt hielt, einige patschende Schläge ins Gesicht ... In diesem Augenblick trat ein junges Mädchen auf die Bühne, und hier nahm die Heiterkeit des Publikums einen so beängstigenden Grad an, dass die beiden unwillkürlich vom Fenster zurückfuhren.

»Der erste Akt!« seufzte er. »Uns fehlt der erste Akt!«

»So ein kleiner Junge, will sich das Theater besehens! Marsch zu Bett!«

Und sie gingen.

Als sie die Treppe hinaufkletterten,

hörten sie noch das lachende Lärmen der angeregten Honoratioren.

»Claire, belustigen sich die ackerbautreibenden Bürger über uns? – Ich bin fürchterlich in meiner Wut.«

»Ja, mein Jungchen. Nu geh man zu Bett.«

Ihre großen, breitschultrigen Schatten tanzten an der Wand, weil die Kerzenflamme tanzte … Die Claire stand vor dem Spiegel und löste ihre Haare auf.

»Wölfchen, pass ma auf; da war ich noch 'n kleiner Mädchen, un da bin ich bei meine Freundin, die Alice, gegangen – heb mir doch mal die Nadel auf! – und da war ein Herr, wie er hieß, weiß ich nicht mehr, und der hat gesagt, mein Haar ist wie aus Seide gesponnen. Ja.«

»Na – und –?«

»Nüchs.«

Die Claire liebte es, Geschichten zu erzählen, die, ohne Pointe, kleine, an-

spruchslose Begebenheiten ihrer Kindheit enthielten. Sie verlangte, dass man sie sich oft anhöre, und wurde zornig erregt bei dem Einwand, man kenne dies.

»Du bist gar nicht freundlich zu mir. Du liebst mich nicht mehr.«

Einem seelischen Chamäleon gleich, bot sie nun den Anblick einer Liebeskranken. Der Mund war schmerzlich verschoben, der Oberkörper leicht geneigt, die Hände krampften sich.

»Ich meinerseits liege im Bett«, sagte er. Die Kerzenflamme verlosch …

Unten schwatzte das Wirtshauspublikum. Man hörte, wie der Wirt seinen Rundgang bei den Tischen veranstaltete:

»Nun, auch die Frau Schwester wieder gesund? – Ja, ja, so geht's. Hat es den Herrschaften geschmeckt? Ja …«

Oben aber sagte die Claire gedankenvoll, langsam: »Ich möcht dir nu nehmen und einem in sein Gulasch werfen. Seh mal, er wundert sich bestimmt. Wie –?«

Aber dann schwieg sie.

In der Nacht wachte er auf. Vorsichtig bauschte er den Vorhang, der weiß und faltig am Fenster leise vom Nachtwind bewegt war. Der Mond gespensterte in den Bäumen, ein Obelisk stand seitwärts drohend da und warf einen scharfen Schatten. Das Laub rauschte auf. Warum reagieren wir darauf wie auf etwas Schönes, fühlte er. Es ist doch nur ein durch Schallwellen fortgepflanztes Geräusch … Und überließ sich gleich darauf willenlos diesem ruhigen Rauschen, das ein wenig traurig war, aber Hohes ahnen ließ und die Brust weiter machte … Er fuhr herum. Eine ganz verschlafene Kinderstimme sagte unter einem Wasserfall von Haaren:

»Is niemand in mein klein Bettchen,

und soll aber jemand da sein, und Klein-Clärchen is ganz allein …«

Er trug sie zurück.

Als er früh am Morgen vom Friseur zurückkam, war die Claire am Aufstehen. Es war das so eine Sache: die erste Viertelstunde pflegte sie mit feiner Stimme ein entzückend klingendes Gemurmel zu stammeln, unzusammenhängende Silben hervorzubringen und in den verschiedensten Nachahmungen von Tierstimmen zu paradieren. Kaum hatte er die Tür hinter sich zugezogen, so begrüßte ihn das Winseln und Mauen einer neugeborenen Katze.

»Aufstehen! Claire! Aufstehen! Alle Leute sind schon nach Tisch.«

Man musste ein wenig übertreiben – es half sonst nichts.

»Buh!«

»Ja, ich weiß. Komm!«

Und zog ihr die Bettdecke fort.

Später:

»Wölfchen, zieh ich nu das Grüne oder das Weiße an?«

»Hm, welches möchtest du denn gerne anziehen?«

»Das … das weiß ich nicht. C'est pourquoi ich dich frage.«

»So zieh denn das Weiße an.«

»Schön. Was *dieser* Junge mich tyrannisiert, das ist nicht zu sagen. Haach!«

Pause.

»Wolfgang?«

»Claire?«

»Meinst du würklich, dass ich das Weiße anziehen soll? Seh mal … ich meine, mit den Fleckens un so …«

»Also: das Grüne.«

»Schön.«

Nach einer kleinen Weile:

»Ja, haber – ich möchte doch aber gern …«

»Was möchst du gern?«

»Das Grüne –«

»Aber ich sage dir ja, zieh's an!«

»Ja … aber … wenn du's mir sagst, macht's mir gar keinen Spaß. Du musst sagen: Zieh's nich an, musst du sagen, oder: zieh das Weiße an, tja.«

Und bevor er sich noch erholt hatte, fing sie an, ein wundervolles Gezänk von sich zu geben, nach Art gewisser Frauen, die sich beleidigt glauben und ihren Gefühlen auch dem Dienstmädchen gegenüber keinen Hehl zu machen pflegen. Das Ganze passte nicht recht her, aber sie war im Zuge, da war nichts zu machen.

»So? – Also in *meinem* Hause lasse ich mir das nicht sagen, ich nicht! Sie stauben meine kostbaren Seidenmöbel nicht ab, Sie … Geschöpf! – Aber mein Mann, der Bergassessor …«

Er floh. Noch auf dem Korridor hörte er sie wie einen Schusterjungen pfeifen.

Auf den Kaffeetisch schien die Sonne; hier roch es stark und ländlich nach Milch, Butter und einer frisch gewaschenen Decke. Bienen und dicke Fliegen schwammen in einem alten Honigglas, das der vorsorgliche Wirt mit Zuckerwasser gefüllt hatte.

Sie kam herunter, eine Weile sprachen sie nichts. Sie aß … mein Gott, sie aß und hatte Hunger, den richtigen Morgenhunger des Langschläfers.

»Claire?«

»Wolf?«

»Ich denke, wir fahren heute Morgen ein wenig spazieren.«

»So, und ich? – Mich nimmt er gar nicht mit! Ich will auch mit!«

»Ich sagte: wir.«

»Buh, buh!«

»Ja, du kannst auch mit. Nu weine man nich und ess.«

»Wolfgang, ein so wunderschönes

Deutsch sprichst du ja auch nicht, nein, das kann man nicht sagen. Aber keine Sorge: Meine Bemühungen werden mich das Ziel schon erreichen lassen.«

Sie konnte ganz gewählt sprechen, wie es wohl alte Erzieherinnen manchmal tun, mit übermäßig stark betonten Endsilben und weit nach hinten gerutschten Gaumen-»R«s.

»Mein Papa sagt immer, Wölfschen, ich spräche keinen guten Deutsch. Wie? – Ja, er ist ein erfahrener Greis, aber wie steht es ihm an zu sprechen ›Stoße nicht in das Horn des Leichtsinns, mein Kind, und witzele nicht über so schwerwiegende Dinge!‹ Ich frage dich: Hat er unrecht oder hat er unrecht? Zwei Möglichkeiten kommen nur in Betracht.«

»Er hat recht. Da kommt der Wagen.«

Es war sein Glück. Denn schon hatte sie sich hoch aufgerichtet und stand da, die Hände fest auf den Tisch gedrückt und schielte …

Leicht und schnell rollte der Wagen durch die grüne Allee.

»Wolfgang?«

»Claire?«

»Merks du nichs?«

»Wie bitte?«

»Obs du nichs merks?«

»Nein.«

»Na, aber süh mir mal an!«

»Bei Gott, nichts. Zuckt die Achseln.«

»Du musst das nicht mitsprechen, was in Klammern steht. Zuckt die Achseln, das steht in Klammern, weißt du? – Aber merkst du nichts?«

»Du hast dich gewaschen.«

»P! – Aber … ein blaues Band hatt' ich gestern durch mein Hemd gezogs, un nu nich mehr. Du erlaubs mirs ja nich. Du ja nich.«

Bot sie nicht das Aussehen einer sichtlich Gekränkten, die schmollend die bessern Gefühle des Geliebten anrief?

»Du hast ja 'n Freund, der wo sagt, bunte Bänders in der Wäsche tragen nur Kellnerinnen! Konnst deinem Freund gesagt haben, er konnt bei mir gegangen gewesen sein, ob ich vielleicht 'ne Kellnerin war.«

Ja, er wolle das bestellen.

Aber nun mussten sie in das Grüne sehen, das sich an ihnen vorüberbewegte. Nicht, als ob dieser Wald jene gerühmte Schönheit besessen hätte, wie wir sie auf Bildern und Postkarten zu sehen Gelegenheit haben. Er wies keine »Partien« auf, keine Durchblicke. Aber er machte sie froh. Es war wohl mehr ihre allgemeine Freude, am Leben zu sein. Zwischen den Vergangenen und denen, die noch kommen würden – jetzt waren *sie* an der Reihe – hurra! –

An einer Biegung der Chaussee machte der Kutscher halt, murmelte und verschwand im Gebüsch. Die Claire begleitete seinen Weggang mit frommen Reden ... Und dann fuhren sie weiter, und an einem Wirtshaus am See wurde Rast gemacht, und dort gab es zu essen.

Und dann fuhren sie wieder auf langen Umwegen nach Hause, nach Rheinsberg. Fußgänger begegneten ihnen, schwitzende Familienväter, die ihre Spazierstöcke mit den baumelnden Jacken am Ende Gewehr über trugen und schweigend der nächsten Bierquelle zustrebten, Verliebte, die mit verkrampften Händen selig daherstolperten, einmal hörten sie das Bruchstück eines Gespräches zweier spitzmäuliger Damen.

»Ja«, sagte die eine, »und denken Sie, sie ist eine Berlinerin, aber wissen Sie, im guten Sinne des Wortes ...«

Der Wagen juckelte und knarrte, bald

gehen die Pferde im Trab, bald trotten sie langsam mit gesenkten, nickenden Köpfen … Und immer konnte man, wenn es einem beliebte, den Kopf nach hinten legen, »auf den Verdeck«, wie Claire das nannte, und dann sah man in die Wolken, immer in die Wolken, während der Körper im Rhythmus des Fahrens angenehm bewegt wurde …

Am Spätnachmittag kamen sie an; es war heiß, vielleicht würde es abends ein Gewitter geben, sagte der Wirt. Sie gingen in den Park. An einem kleinen Rondell schimmerten weiße Figuren aus dem Blätterwerk. Ein Satyr lehnte an einem Baumstumpf, mit gesenkter Flöte, ein Faun stach eine fliehende Nymphe … Das Schloss leuchtete weiß, violett funkelten die Fensterscheiben in hellen Rahmen, von staubigen Lichtern rosig betupft, alles spiegelte sich im glatten Wasser. Baumgruppen standen da, rötlich-gelb beschienen mit schwärzlichen Schatten, sie warfen lange, dunkle Flächen auf den Rasen. Träge schob sich der See in kleinen Wellchen an die schilfigen Ufer …

»Brühheiß. Kann man eigentlich so den Hitzschlag bekommen, Claire?«

Sie lag am Boden und kaute einen Halm, der schwankend ihrem Munde entwuchs.

»Das kommt ganz auf die Innentemperatur an, mein Junge. Du – bei deiner Hitze – ja, du kannst wohl einen kriegen! Zeig mal die Zunge – hm …«

»Du tätest auch besser daran, mehr in den Kollegs aufzupassen, anstatt Herzen mit meinen Initialen in die Bänke zu schneiden. Überhaupt das Frauenstudium …«

»Bitte, nehmen Sie Platz.« Sie war ganz Würde, und obgleich sie im Gras saß, konnte man glauben, was den Ausdruck ihres Gesichts anbetraf, einen vielbeschäftigten, an seinen Patienten interessierten Arzt vor sich zu sehen.

»Einen Weg zur Heilung werden wir schon finden … schon finden …«

Sie kraute sich einen imaginären Bart. »Wissen Sie, ob Ihr Herr Großpapa jemals an einem icterus katarrhalis litt? Oder an einer angina vincentis? Nun, wir werden das Übel schon beheben. Darf ich bitten, den Mund zu öffnen, weiter, weiter – so …« Und sie warf den Aufhorchenden mit einem starken Stoß nach hinten, ins Gras …

Die Luft lag unbeweglich, drückend, sie schritten über eine Brücke, darunter das Wasser grün und schleimig abfloss. Sie blickten hinunter. Blätter schwommen vorbei, kleine Zweige, Hölzchen …

»Wolfgang?«

»Claire?«

»Erlaubsus mir? Ja? Nur einmal! Bitte! Bitte!«

Sie drängte sich an ihn, umkoste ihn, ging ihm um den Bart, sozusagen …

»Was denn, was denn, Kind?« Er machte sich frei.

»Erlaubs mir doch! Nie nich erlaubsu mir wen! Ich möcht' doch soo gern …«

»Aber was denn?«

Sie schwieg. Sie sahen wieder von der Brücke in das dahinschleichende Wasser.

»Wolfgang«, sagte die Claire träumerisch, »ich möcht' *einmal* in das Wasser spucken …« Und in den höchsten Tönen: »Erlaubs du mir?« Und piepsend: »Ja?«

Er erlaubte es ihr.

Sie gingen durch die Straßen der Stadt. Schaufenster boten lockend ihre Einlagen an, kunstreich geordnet. Oh, man war hier durchaus auf der Höhe, wie man mit Stolz sagen durfte, und hatte sich die

Errungenschaften der neuen Zeit zunutze gemacht: ein moderner Wind wehte auch hier. Nach künstlerischen Prinzipien hatte zum Beispiel Herr Krummhaar, der Kolonialwarenhändler an der Ecke des Marktes, sein Schaufenster arrangiert. Blickte man durch die blank polierten Scheiben, so tat sich dem Beschauer eine schlaraffenhafte Landschaft auf: auf einem Hügel von Paniermehl stand ein Zuckerhut mit einem roten Gelatinekreuz, und sah man näher hin, war es eine Windmühle. Pflaumenwege führten an mit Preisen versehenen Korinthenbeeten vorbei, und auf einem Spiegelglas schwamm eine Brigg, die Herrn Krummhaar aus dem fernen Indien bauchige Flaschen Danziger Goldwassers und Salzbrezeln heranschleppte ... Vor der Ladentür waren Fässer aufgebaut, die bis oben hin mit köstlichen Erbsen und allerhand getrocknetem, nun aber längst verstaubtem Obst gefüllt zu sein schienen; nur der Kundige konnte ahnen, dass es sich um eine geschickte Täuschung handle. Lange stand die Claire vor der bunten Pracht, dann zitierte sie mit Ausdruck:

»Und einen Ochsen, ganz bepackt,
Mit Fleischextrakt …«

Überall blieb sie stehen, alles wollte sie kaufen, und sie wirbelte herum, schwatzte, lachte, und war nacheinander: ein Frauchen, das ihren Mann zu Einkäufen bewegen will, ein unfolgsames Kind, das sich meckernd von der Hand der Bonne durch die Straßen schleppen lässt, ein kleiner Hund – und zehn Schritte lang bot sie sogar die Kopie eines durchaus nicht einwandfreien Geschöpfes …

Vor der Tür eines kleinen Lädchens, dessen Schaufenster dem Käufer Posamentier- und Weißwaren versprachen, standen die Fräulein Luft, zwei gutmütige ältliche Wesen, die ein wenig muffig rochen …

Sie schöpften die Abendluft, einen Käufer gab es jetzt nicht. Die beiden drängten sie in ihren Laden.

»Ich möchte, bitte, Wäscheknöpfe.« Die Claire war geschäftig, ganz bei der Sache.

»Tje …«

»Aber bitte, geben Sie mir doch, bitte, weiße Wäscheknöpfe … zum Annähen …«

»Tje … Gewiss.«

Aber die Fräulein Luft rührten sich nicht, sondern sahen sich und die beiden Besucher, die ihren Laden nahezu ausfüllten, ratlos, verlegen an. Eine von ihnen holte tief Atem …

»Mochte der schunge Härr nicht so lang rausgehen …«

»Welch treue Seele«, dachte er. Und ging heraus.

»Ein Kinematograph? Hier in Rheinsberg? Wölfchen, nach dem Souper? Ja?«

Wirklich, es gab einen, und sie gingen hin.

Auf dem Wege schon murrte es in den Wolken, die langsam aufzogen. Wind schüttelte Laub von den rauschenden Bäumen, Staub wirbelte auf ... Aber noch trocken kamen sie in dem Saal des Wirtshauses an. Richtig, ein kleines Orchester war da, es verdunkelte sich der Saal ...

NATUR! MALERISCHE FLUSSFAHRT DURCH DIE BRETAGNE. KOLORIERT.

Der Apparat schnatterte und warf einen rauchigen Lichtkegel durch den Saal. Eine bunte Landschaft erschien, bunt, farbenprächtig, heiter. Die Kolorierung war der Natur getreulich nachgebildet: Die Bäume waren spinatgrün, der Himmel, wie in einem ewigen Sonnenuntergang, in Rosa und Blau schwimmend … Während die Flusslandschaft hell vorbeizog, schwankte dauernd ein schwarzer Schatten, in Form einer Stange, durch das Bild, was vermuten ließ, dass die Aufnahme von einem Dampfboot aus gemacht worden war. Dies bestätigte sich; denn nach einer kleinen Weile drehte sich der hellbraun gebohlte Teil eines Schiffes in das Bild, das nun das Nahe und das Ferne zugleich erkennen ließ: eine rosa gekleidete Dame, mit weißem Spitzenschirm, anscheinend zu diesem Zwecke hinbeordert, erzeugte vermittels freundlichen Lächelns, Winkens und eifrigen Auf- und Abspazierens geschickt den Eindruck sommerlichen Glückes; hinten glitten die kolorierten Bestandteile

der Bretagne vorbei, Trauerweiden, die Zweige in das Wasser hängen ließen, kleine ockergelbe Häuschen, die anscheinend auf ihre Umgebung abgefärbt hatten, ein vorüberziehender Fischdampfer …

Die Claire saß erschüttert.

»Wolfgang, es ist zu traurig! Glaubsu, dass der sterbende Krieger seine Heimat erreicht?«

Er glaubte es nicht. Umso weniger, als jetzt der eben eingetretene Klavierspieler geräuschvoll drei kräftige Akkorde erschallen ließ, sein Bierglas herunterwarf, aber hierdurch unbeirrt sich anschickte, den nunmehr folgenden Film: ›Moritz lernt Kochen‹ in angemessener Weise zu begleiten. Die Musik tobte: der Nachbar steckt den Kopf zur Tür herein, Moritz steht am Kochherd, packt den andern, wirft ihn in den Topf, dass die Beine heraussehen. Schwanken, Fallen, Töpfe kippen, Sintflut, man schwimmt gemeinschaftlich die Treppe herunter, schüttelt sich unten die Hände, nimmt das triefende Mobiliar unter den Arm und verschwindet …

Die Claire konnte sich nicht beruhigen: sie fragte, wollte alles wissen. Ob er denn nun kochen könne, ob der Nachbar gut durchgekocht sei, sie könne übrigens kochen, perfekt, möchte sie nur sagen …

Und schwieg erst, als helle Buchstaben auf dunklem Grund ankündigten:

Das rettende Lichtsignal.
In der Titelrolle Herr Violo.
Von der Greizer Hofoper.

Auf Grund einer freundlichen, stillen Übereinkunft zwischen Filmfabrik und Publikum bedeutet die blaue Farbe Nacht, während die rote die Katastrophe einer Feuersbrunst anzeigt, sodass es allen klar wurde, wie man in solch gefährlichen Stunden eines rettenden Lichtsignales des Bräutigams bedurfte. Mochte die Handlung durchsichtig sein, hier war das Leben, aber konzentriert. Wenn das Meer, wenn die Brandung an Felsen schlug, wenn der Vorplatz eines Hauses einen Augenblick frei blieb und man an den Zweigen sehen konnte, wie der Wind geweht hatte, *der* Augenblick war dahin, unwiederbringlich dahin … Wie beängstigend schön war es, wenn Eisenbahnzüge, lautlos, wie große Schatten erschienen, immer näher, größer – ein Kopf sah aus dem Fenster …

Aber als die leuchtenden Lichtgestalten zu weinen begannen und ein Harmonium in Aktion gesetzt wurde, schnupfte die Claire tief auf und äußerte schluchzend den Wunsch, nach Hause zu gehen …

Sie kämpften sich durch Wind und Regen ins Hotel.

Am Morgen gingen sie in die Felder. Das Gewitter von gestern hatte abgekühlt, die ersten herbstlichen Tage kamen. Der Wind wehte stark. Als sie gegen ihn angingen, sang er wie klagend … An den Wegen schäumten die Laubmassen. Milchigweißes Licht beglänzte gleichmäßig die Felder. Die Sonne steckte hinter den stürmenden Wolken; manchmal kam sie hervor, dann war sie rot und fror in der rauen, kräftigen Herbstluft. Ein leerer Pfad lag vor ihnen, reingefegt vom Wind – und es war Seligkeit, darüber hinwegzuschreiten; junge Linden reihten sich endlos, und es war Glück, immer wieder den ächzenden Stamm zur Seite zu haben. Tief ging der Atem, und die Schultern hoben sich. Sie gingen im Gleichschritt.

Sehnsucht – Sehnsucht nach der Erfüllung! Hier war alles (fühlte er), Herbst, der klärende, klare Herbst, Claire, alles –

und doch zog es weiter, der Fuß strebte vorwärts, irgendwo lag ein Ziel, nie zu erreichen!

Viel, fast alles auf der Welt war zu befriedigen, beinahe jede Sehnsucht war zu erfüllen – nur diese nicht. Was war, von oben betrachtet, ein Liebender? – Ein Narr. Wenn sich ihm das geliebte Herz eröffnete, schwieg er, satt und zufrieden. Ganze Literaturen wären nicht, riegelten die Mädchen ihre Türen auf … Ein Amoroso war zu befriedigen, gebt ihm das Weib, das er begehrt, und der tönende Mund schweigt. Was gibt es, *uns* zum Schweigen zu bringen? Wir haben nichts mehr zu verschleiern, wir wissen um alle Heimlichkeiten der Körper … Auch um alle der Seele? – Es gibt Worte, die nie gesagt werden dürfen, sonst sterben sie … Aber wir wollen nicht in diese Tiefen der Schatzkammern, wir haben einander ganz und doch sehnen wir uns. Was ist das, das uns forttreibt, weiter, höher, vorwärts? – Der Frühling ist es nicht; denn es ist da zu allen Jahreszeiten, die Jugendzeit ist es nicht; denn wir spüren es in allen Altern, die Claire ist es nicht, wir fühlen es ohnehin.

Jetzt kamen sie durch einen windstillen Hain junger Birken.

Glücklich sein, aber nie zufrieden. Das Feuer nicht auslöschen lassen, nie, nie! In einem runden Loch kreiste träge schwarzes, fauliges Wasser. Alles andere ist ein Vorspiel: die Werbung, die Gewährung, das Genießen. Dann fängt es an und höret nimmer auf. Was kann vorher sein? Beschäftigt mit der simplen Frage: Ja? – Nein? – sehen sie nicht das Wesentliche, nicht das Eigentliche. Entkleide die deinige von deinen Begierden, sie zu besitzen, setze sie in dein Zimmer, wunschlos, allein, denk, du habest alles, was du wolltest … Bliebe sie? Kann sie mehr als locken, versprechen? – Kann sie *geben*? Nicht jede hält die Belastungsprobe aus. Man behütet nicht umsonst ängstlich das Letzte, wenn man nicht weiß, dass es das Kostbarste ist, was man zu geben hat. Eroberungen, bei denen der Reiz nur im Erobern besteht. Wir aber wollen besitzen.

Und es gibt keine tiefere Sehnsucht als diese: die Sehnsucht nach der Erfüllung. Sie kann nicht befriedigt werden …

»Wölfchen! Hallo!« Sie war weit voraufgelaufen und pflückte im Gebüsch weiße Eisbeeren, legte sie im Kreis auf den Boden und knackte sie mit dem Fuß entzwei.

»Warum tust du es?«

»Hast du keinen Sinn für Schönheit? *Fühlst* du nicht, dass das befriedigt, erlöst, wie von einem Druck befreit, wenn die Beere – endlich – aufknackt? Banause!«

Die Gräser glänzten im Licht, ein dicker Käfer zog über die Chaussee, flog auf, ein Wind strich über den Weg, führte ihn mit sich fort, wollte er dorthin? – Nun, er würde auch da glücklich sein …

Eine Schafherde trappelte durch die gestoppelten Felder; sie wollten ausweichen, aber es war zu spät, der Schäferhund hatte eine lange Reihe zurechtgebellt, sie waren mitten unter ihnen, die Schafe umwogten sie, die Claire schwankte lachend in dem Meer her und hin.

»Wölfchen, wenn mir die Tieren nu fressens?«

»Ihnen nicht, Fräulein, es dürfte sich nicht lohnen.«

Endlich krochen sie heraus, staubbedeckt, lachend.

»Dass du dir da rausgefunden hast, Wölfchen!«

Sie waren auf freiem Feld, glänzend

wehten grüne Gräser im Wind, die Luft war in starker Bewegung, aber das Land lag ruhig, mochte es wehen und darüber hinfahren, die Erde blieb fest.

Sie standen auf einem kleinen Hügel, das Land wellte sich weit fort, spielend riss die starke Luft an den Haaren. Dies alles umarmen können, nicht, weil es gut oder schön ist, sondern weil es da ist, weil sich die Wolkenbänke weiß und wattig lagern, weil wir leben! Kraft! Kraft der Jugend! …

»Claire?«

»Na?«

Und wurde gepackt und wie ein Wickelkind davongetragen, den Abhang herunter bis tief in die blumige Mulde.

Und wieder kamen sie nach Rheinsberg, und weil es der letzte Tag war, verschwand Wolf und kam kurz vor dem Mittagessen mit einem großen weißen

Paket wieder. Oben angelangt, legte er es auf den Tisch. Die Claire zupfte vor dem Spiegel an ihrem Haar. Wandte sich um.

»Wolfgang?«

»Claire?«

»Was is'n diss?«

»Nüchs, wie du dich auszudrücken beliebst.«

»Na, haber …«

»Um allen so gearteten Debatten aus dem Wege zu gehen, mein liebes Weib, erkläre ich hiermit, dass in dem Paket mit erhobener Stimme zwar etwas darin ist, aber du dasselbe mit Bedeutung nicht vor dem Abend öffnen darfst. Um zehn geht der Zug, um drei viertel zehn darfst du, Punkt.«

»Hm.«

Pause.

»Wolfgang?«

»Claire?«

»Sagssu mir, was da drün is? Seh mal …«

»Schweig. Ich habe gesprochen.«

»Aba, Wölfchen, ich fand, du konnst mir doch den Anfangsbuchstaben sagen und den hintern auch, ich meine den Endbuchstaben, ja?«

»Ich zertrümmere dich. Nein.«

»Nur den Anfang, tje? – Bitte, bitte! …«

»Schluss. Wir essen!«

Es gab »schöne Sachens« – »Suppens gibs«, erörterte Claire, die alles wusste, »un Hühnegens mit Gemüsen und Hops (Hops? – Obst, Wölfchen, Obst) un denn gübs … Willstu das gern wissen, Wölfchen?«

»Ja.«

»Hm, ich sag dir's auch. Aber du musst mir sagen, was in dem Paket …«

»Ich will's nicht wissen.«

»Buh!«

Sie »muckschte« wie ein kleines Kind und ließ eine habsburgische Unterlippe hängen, bis das Essen kam.

»Wölfchen, ess man Suppens mitm Messer?«

»Wa –?«

»Na, ich hab mal einen gesehen, der hat mitm Messer geessen.«

»Suppe?«

»Neieinn …«

Aber da kam eine alte Dame an ihrem Tisch vorübergeschlurcht, schielte krumm und murmelte etwas von »unerhört« und »Person« und so.

»Wölfchen, die meint mir. Konnste ihr nich gefordert gehabt habs? – Söh mal, ich bin doch 'ne Feine, nich wahr? oder glaubssu, ich bin eine Prostitierte? Nei–n. Ich ja nich. Ich nich. Hä?«

»Lass das Alter gewähren, mein Kind. Vielleicht hat sie nicht so hübsche Jugenderinnerungen … Wie schrieb der große Friedrich an den Rand seiner Akten? – ›Mein lieber Geheimrat‹, schrieb er, ›wir sind alt und können nicht mehr, wir wollen uns über die freuen, die noch können.‹«

Und dann aßen sie, und als es zu Ende war:

»Wölfchen, die Sonne scheint gerade so schön, wir wollen photographieren!«

Sie holte den Apparat, den sie umständlich herrichtete. Eine Zeitaufnahme war beabsichtigt, unter dem Blätterdach der alten Bäume, die gesprenkeltes Licht zum Boden durchließen.

»Stell dir man hin, Wölfchen. Nun pass auf: wir machens einen langen Aufnahmen. Du musst nu ümmessu ruhig stehen, weißtu, ganz stille, ich geh solange fort, auf dass es dir nicht lächere …«

Er stand regungslos, nur gegen die Sonnenstreifen anblinzelnd, fühlte sein Herz klopfen, der Atem ging taktmäßig ein und aus. Wie lange es dauerte? Die Claire wandelte unter den Linden, weiter hinten. Es sah aus, als hätte sie vergessen …

Ohne die Lippen weit zu öffnen: »Claire!«

Immer noch erging sie sich unter den schattigen Bäumen, aber sie antwortete: »Ja?«

»Noch lange?«

»Nein.«

Wieder Schweigen. Wieder summten die Insekten. Teller klapperten im Haus.

»... lange?«

»Wolfgang?«

»Hm?«

Und von ganz fern: »Du kannst kommen! – Ich habe gar nicht eingestellt!« Und helles Lachen.

»So ein –«

»Aber schön still hast du gehalts!«

Hoho! Wie aus einem Schallbecken platzte Lachen aus ihrem Mund, heftig, lärmend.

Aber er fing sie.

Nach dem Essen musste die Claire schlafen gelegt werden. Sie waren im Sonnenglast hingestreckt, auf einer Wiese, über der die Luft in der Mittagswärme zittrig schwebte. Schweigen …

»Wölfchen?«

»Claire?«

»Sagssus mirs?«

»Was denn?«

»Was in den Paket …?«

»Schlaf!«

Sie schnarchte, dass die Grillen vor Schreck verstummten.

»Pst!«

»Du sagst ja, ich soll. Nie nich is es richtig. Buh!«

Wieder Schweigen.

Wie im Selbstgespräch: »Ich fand, wenn du's mir sagtest, gefiel's mir hier besser. Wie? Ich bin neugierig, alle Frauen sind …? Ich will dir mal was sagen, ich will's gar nicht wissen, überhaupt ist es mir egal, es lässt mich kalt.«

»Das kannst du brauchen.«

»Wie?«

»Ich meinte nur.«

»Wölfchen?«

»Claire?«

»Is'n zu essens drin oder …?«

Aber er antwortete nun nicht mehr. Sie schliefen. Und als sie aufwachten – sie hatte ihn wachgekitzelt –, stand die Claire auf, strich sich den Rock glatt, und ihre ersten Worte waren: »Neugierig bün ich ga – nich. Aber wissen möcht ich *bloß*, was da in is«, und dachte heftig nach, ohne es herauszubekommen. (Sie hat es nie erfahren, das Paket wurde im Hotel vergessen.)

Nachmittags lagen sie im Boot. Der Himmel war klar, noch einmal gab der Sommer seine Wärme.

Dies ist der letzte der drei Tage! Aber ich bin so froh wie am ersten. Jung sein, voller Kraft sein, eine Reihe leuchtender Tage – das kommt nie wieder! Heiter Glück verbreiten! – Wir wollen uns Erinnerungen machen, die Funken sprühen! Wir haben alles voraus – heute! Mögen die in den Gräbern die Fäuste schütteln, mögen die Ungeborenen lächeln – wir *sind!* Alle sollen freudig sein! Kämpfen – aber mit Freuden! – Dreinhauen – aber mit Lachen! Mädchen, was zieht ihr mit Ketten schwer beladen einher? – Schüttelt sie ab. Sie sind leicht! – Sie sind hohl! – Tanzt, tanzt! –

Vom Ufer her rief sie jemand an, ein Mädchen mit einer Schneckenfrisur und ernsten, schwarzen Augen. Sie trug sich irgendwie in Blau und Grau. Sie ruderten heran. Wo es hier nach dem Forsthaus ginge? Ob es noch weit sei? – Sie beabsichtigten, dorthin zu fahren, wenn sie wolle …? Sie dankte, nahm an.

Es ergab sich, dass sie gleichfalls die Heilwissenschaft studiere und sich auch sonst geistig fleißig rege. Sie lud arme Kinder zu sich zu Tisch, um an abgemessenen Gewichtsportionen die Wirkungen gewisser Hydrate festzustellen, auch in andern Beziehungen nahm sie sich dieser Opfer der kapitalistischen Wirtschaftsordnung an und förderte sie durch gute Ratschläge. Das brachte sie ruhig und selbstverständlich vor, bescheiden, aber fest. Das Gespräch glitt weiter. Nein – heiraten wollte sie vorläufig nicht; sie habe noch keinen gefunden, der Mann gewesen wäre, ohne ein Sexualtier zu sein. Sie hatte einen schlechten Teint, und es sah aus, als bade sie selten. – Ob sie denn nie verliebt gewesen sei? – Oh, sie besäße, wie sie, ohne unbescheiden zu sein, mitteilen könne, Temperaments ge-

nug. So habe sie neulich auf einem Vereinsfest sogar etwas getrunken, was dem Geschmacke nach schwedischer Punsch gewesen sein mochte. Aber das seien doch Nebendinge. Für sie – hier schaukelte das Boot ein wenig – für sie gäbe es nur die Pflicht. Die Pflicht, ihrem Berufe als Wissenschaftlerin und soziales Glied voll und ganz Genüge zu tun.

Dies, was sie anginge. Und die Herrschaften? Mit wem habe sie das Vergnügen? Sie sei stud. med. Aachner, Lissy Aachner. Und die Freundlichen, die sie hier mitnähmen? – Claire ergriff das Wort (Wolfgang graute): – Nun, sie hätten hier ein kleines Besitztum in der Nähe, nicht sehr bedeutend, 300 Morgen etwa, ja, und das sei ihr Bruder, sie seien noch nie in einer großen Stadt gewesen, die Eltern erlaubten es nicht, nein – wie es denn so in Berlin aussähe? – Sie hätten so bunte Vorstellungen davon, aber, nicht wahr? – aus den Büchern könne man das nicht so …

Die Studentin Aachner bestätigte dies. Nein, aus den Büchern könne man dies nicht so. – Man müsse wirklich einmal … Sie könne das den Herrschaften nur empfehlen! – Diese verschiedenartigen Kreise, diese Anregungen, man müsse ordentlich auf dem Posten sein, um all den Anforderungen Genüge zu tun! Nun, – sie, Lissy Aachner, sei auf dem Posten, das könne sie wohl sagen. Und es erwies sich, dass dieses begabte Mädchen über alles, so die Liebe und das Leben, ihre klaren festen Begriffe hatte, an denen nicht zu rütteln war. Sie sei Monistin. Was das sei? Gesellschaftliche Artigkeit trug über ein leichtes Lächeln den Sieg davon. Sie sei erfüllt von dem Glauben, dass alles sich auf natürlicher Grundlage nach Maßgabe der betreffenden Umstände aufbaue. Auf die Umstände lege sie besonderes Gewicht, auf die käme es an … Aus ihnen ließe sich *alles* herleiten. Sie, Lissy Aachner, wäre nimmermehr das geworden, was sie sei, wenn nicht die Umstände und das, was man wohl Milieu nenne, sie zu einem Produkt der neuen Zeit gemacht hätten. Und diese Umstände zu erkennen, das sei es, fuhr stud. med. Aachner fort, worauf es ankäme … *Erkenntnis*, das sei das Wort! – Wohin sollte es führen, wenn wir auf der Stufe alter Barbarenvölker ständen und den Regen zum Beispiel noch als etwas Göttliches empfänden? Der Regen sei einfach ein Niederschlag atmosphärischen Wassers in Form von Tropfen oder Wasserstrahlen. Dagegen war nichts zu sagen. Der Regen war in der Tat ein Niederschlag atmosphärischen Wassers in Form von Tropfen oder Wasserstrahlen. Und habe es nicht mit den geistigen Dingen eine ebensolche Bewandtnis? – Sei nicht auch hier Erkenntnis das Element alles Lebens? – Wie wolle man sich denn vor Liebesschmerz hüten, ohne die Elemente dieses Affekts, die Liebe und den Schmerz, analysieren zu können? Sie gäbe ja Ausnahmen zu, bemerkte die Sprecherin, aber wenn wir auch heute noch nicht so weit wären, alles zu erkennen, so läge dies eben an einer Mangelhaftigkeit unserer Apparate beziehungsweise Organe. Es würde schon noch werden. Seien nicht auch die Religion, die Kunst Dinge, die restlos in ihre Bestandteile aufzulösen nur einem Orthodoxen als kühn erscheinen könne? – Ja, das gesamte Leben als solches … Aber hier lief der Kahn auf den Sand, dass es knirschte. Man war angelangt. Die stud. med. Aachner bedankte sich und schritt durch das Grün auf das Forsthaus zu, männlichen Schrittes, geradeaus, und irgendwie in Blau und Grau gekleidet …

Die beiden trieben ab, das Boot schwankte, bewegt durch das Schaukeln der Lachenden. Und wieder trug sie die Strömung dahin, der fächelnde Wind kräuselte das Wasser, brachte frischere Lüfte … Einmal legte die Claire die Hand auf den Bootsrand: diese ein wenig knochige und männliche Hand, auf deren Rücken blassblaue Adern sich strafften; sah man aber die holzgeschnitzten, langen Finger, so ahnte man, es war eine erfahrene Hand. Diese Fingerspitzen wussten um die Wirkung ihrer Zärtlichkeiten, kräftig und sicher spielten die Gelenke … Die Hand hing im Wasser und zog einen quirlenden Streif. Dunkelgrün und klar lagen die Ufer weit zurück.

Leuchtender, leuchtender Tag! – Dasein, voraussetzungsloses Da-sein und immerfort wissen, dass eine ist, die gleich fühlt, gleich denkt … (Denkt, fühlt sie wirklich? Aber ist das nicht einerlei, wenn wir nur glauben?) Nun, wir *glauben* eben einmal, dass wir uns nur deshalb nicht begegnen, weil wir nebeneinander demselben Ziele zulaufen, gleich strebend, parallel – … Dies zu wissen – das ist Glück. Ein Seitenblick genügt: all deine Empfindungen sind hier noch einmal, aber umkleidet mit dem Reiz des Fremden. Wozu noch sprechen? – Wir wissen ohnehin. Wozu versichern, betonen? – Wir wissen, wir wissen. Und das Erlebnis und ich und sie – das gibt einen Klang, einen guten Dreiklang.

Aber nun waren nur noch zwei Stunden bis zur Abfahrt.

»Wolfgang?«

»Claire?«

»Gehen wir noch ein bisschen spazieren? Komm, in die böhmischen Wälder!«

Und sie gingen durch den dämmerigen

Park, in dem die Baumgruppen erdunkelten, sich schwärzlich auseinanderschoben ... Der Himmel war am Nachmittag schimmernd klar gewesen – noch spannte er sich wie ein ungeheurer Bogen von Osten nach Westen, aber nun hatte er eine dunkle Färbung angenommen, er war fast schwarz, und weiße Wolkenflecken zogen rasch unter ihm dahin.

Gewiss blies hier der Wind immer so in die Baumwipfel, dass sie aufrauschten, strich durch die Stämme, raschelte schleifend im Laub ... *Sie* empfanden: Abschied. *Sie* mussten fort. Leises Trauern ... noch einmal zogen sie die reine Luft ein. Abschied. Eine neue Etappe. Aber diese haben wir gelebt.

Der Weg führte auf einen Hügel, durch Wiesen und an schwärzlichen Sträuchern vorbei. Sie sprachen nichts. In der Höhe glänzten helle Fenster einer Villa. Töne? ... Da oben gab es Musik. Sie schritten aufwärts. Blieben im Dunkel stehen. Das gelbe Licht traf sie nicht: es bestrahlte einige Zweige der Linden, die am Haus gepflanzt waren. War es ein Ball? –

Ein Walzer kam. – Die Geigen – es musste eine stark besetzte Kapelle sein – zogen süß dahin, sie sangen das Thema, ein einfaches, liebliches, in langen Bogenstrichen. Verstummten. Aber nun nahmen es alle Instrumente auf, forte, und es war, wie wenn zarte Heimlichkeiten ans Licht gezogen würden. Mit Wehmut dachte man an die Pianopassagen. Aber auch so machte es einen schweben, und der Rhythmus, dieser wiegende, schleifende Rhythmus zuckte und warb. Sie standen unruhig, hatten sich bei den Händen gefasst, reckten sich … Und da brach die Lustigkeit prasselnd durch: in tausend kleinen Achteln, die klirrten, wie wenn glitzernde Glasstückchen auf Metall fielen, brach sie durch, die Geigen jubelten und kicherten, die Bässe rummelten fett und amüsiert in der Tiefe, und auch der Zinkenist machte kein Hehl daraus, dass ihn das Ganze aufs höchste erfreute. Der Teil wiederholte sich, wieder kletterten die Geigen in die schwindelnde Höhe, guckten von ihrem hohen Sopran in die Welt, und schließlich lösten sich die Töne auf zierliche, spielerische Weise in nichts auf. Dröhnten nicht drei Paukenschläge? – Ein Dominantakkord erklang: ein Lauf, von der Flöte gepfiffen, machte neugierig, gespannt … Und wieder ein Lauf, die Geigen folgten, die Melodie blieb auf einem neuen Dominantakkord stehen … Pause … Und das alte, süße Thema kehrte in den Geigen wieder, hier war Erinnerung, heimliche Freuden und alles verliebte Flüstern der Welt! – Und da packte es die zwei, und sie drehten sich langsam, schwebend, und sie

tanzten auf dem struppigen Rasen, schweigend, ruhig anfangs, dann schneller und schneller … Noch einmal bliesen Fanfaren königlich und stolz, kaum wiederzuerkennen, das Thema, dann wirbelten die beiden tanzend den Abhang herunter.

Und kehrten zurück und packten ein, fuhren in dem rumpligen Hotelwagen zur Bahn, bestiegen in Löwenberg den D-Zug und fuhren durch die Nacht, brausend, aufgewühlt, nach Berlin.

In die große Stadt, in der es wieder Mühen für sie gab, graue Tage und sehnsüchtige Telefongespräche, verschwiegene Nachmittage, Arbeit und das ganze Glück ihrer großen Liebe.